불완전한
삶
사람
사랑

보고쓰다

시집

FOREST
WHALE

시인의 말

저란 사람은 남들만큼의 작은 행복을 누리며 살고 싶었던 평범한 한 사람이었습니다.

이르다면 이른 나이에 결혼하고 또 이혼을 겪으며 부정의 늪으로 빠져 한동안은 편협한 시야로 세상을 보며 불행이 나를 표현할 수 있는 말이라 생각하며 그렇게 하루하루를 보냈으며 제 삶에 더는 빛을 볼 수 있으리라고 생각조차 못 하며 그렇게 하루하루를 의미 없는 시간으로 채웠습니다.

그 이후로도 많은 일이 있었지만 세세하게 이야기를 풀어가면 한도 끝도 없으리라 생각해서 저의 이혼 이후에 살아가면서 제 안에 들어왔던 시간과 감정의 조각들을 꺼내어 옮겨 담은 이야기들을 담아내었습니다. 그 이야기들의 한구석에는 불완전함이라는 키워드가 자리 잡고 있습니다. 항상 완벽할 수 없는 삶 속에서 불완전함을 느끼며 불완전한 형태로 존재하는 우리 지 않을까 생각이 듭니다.

우리는 불완전함 속에 살고 있습니다.

그 안에 살며 많은 사람을 마주치고 많은 상황 속에서 감정을 쓰고 또 받으며 상처를 받기도 하고 좌절도 느끼며 더 나은 내일을 기대하고 노력을 아끼지 않고 살아갑니다.

이 책에는 보통의 삶을 살아내는 우리에게 전하고 싶은 메시지를 담아내었습니다.

제 경험에서 우러나온 이 이야기들이 여러분에게 어떻게 닿을지는 저도 알 수는 없지만 제가 담은 페이지 안에 당신이 공감하고 마음에 담을 수 있는 한 줄이라도 있다면 저는 너무나도 기쁠 것 같습니다.

차 례

하루를 보낸다는 것

하루를 보낸다는 것
생각대로 흘러갔는지
뜻대로 되지 않았는지
그건 그렇게 중요하지 않습니다
오늘 당신의 하루는
누구보다 치열했고, 뜨거웠고, 애썼습니다
오늘 하루도 땀 흘린 나에게
스스로 박수를 보내봅시다

인생 영화

행복한 순간의 장면들이 모여
행복한 하루하루가 되고
그런 하루하루가 모여
찬란하고 아름다운
한 편의 인생 영화가 되길.

원동력

초침은
분침을
움직이는 원동력이 되고

분침은
시침을
움직이는 원동력이 되며

그렇게
흘러가는 시간은
나를 움직이는 원동력이 된다

종이접기

인생은 종이접기와도 같다

접기 전까지는
아무것도 아닌 종이 한 장이지만
목표를 가지고 시작하면
한 마리 '학'이 될 수도
한 떨기 '꽃'이 될 수도 있으니

매듭

이미 꼬여버린 매듭은
애써 풀려고 하지 마십시오

그리고
그 매듭을 잘라내는 것을
두려워하지 마십시오

나에게 혹은 당신에게

나의 눈으로
나를 바라보는 현명함을
나의 입으로
내게 얘기하는 진실함을
나를 나로서 바라보는 것에
두려워하지 말길

안부

당신은
편안함에 이르렀나요

감정의 파도에 휩쓸려 허우적대고 있다면
잠깐만 두려움에 맞서 허우적대던
팔과 다리의 힘을 풀고
감정의 바다에 몸을 맡겨보세요

더 이상 감정의 일렁임은 없고
더 이상 감정으로 빠져들지 않고

지평선과 수평이 맞춰진
내가 있을 거예요

어떤가요 이 느낌은
편안하신가요 그대

계절의 감정

계절은 사람의 감정과 유사한 것 같다
봄처럼 따뜻하기도 하고
여름처럼 뜨겁기도 하고
가을처럼 쌀쌀하기도 하고
겨울처럼 차갑기도 하니

지구 안의 별 싸라기들

큰 우주 안에 작디작은 지구 하나
지구를 밝게 빛나게 하는
하나하나의
우리라는 존재들
우리는 별의 작은 조각
우리가 모두 별처럼 밝게
빛이 날 수 있는 존재들이다.
그러니 더 크게 스스로 살아 숨 쉼을 증명하고
살아 숨 쉬는 모든 타인을 바라보면서
인간으로서의 감정을 소모하며
내가 서 있는 시간과 공간을 사랑하자.

지구 안의 별

오늘도
어김없이 밤은 찾아오고
각자의 머리 위에 별은 떠오른다

별은
환하게 빛을 발하기도
구름 뒤에 몸을 숨기기도 하여
그 개수는 서로 다르다

별빛은
우리들의 눈 안에 담긴다
별이 담긴 눈은 별처럼 빛난다
아니 어쩌면 별 보다 반짝인다

지구 안에도 별은 떠오른다
밤이 되면 떠오르는 가로등 빛
아직 오늘을 마무리하지 못한 건물들의 빛
풀숲 안의 반딧불이의 빛
각자의 길을 터주는 신호등 빛
바다 위의 길을 터주는 등대의 빛
하늘 위의 비행기의 빛

그 외에도
수많은 빛들이 지구를 빛낸다

지구 밖에서 보면
지구도 별천지일 듯하다
저마다의 빛을 뿜으며 우주를 빛내겠지

반짝이는 그대들이여
빛을 잃지 말고
영원히 빛나길

행복을 놓음으로

행복에 한번 자유로워져 보라
그러면 행복이 알아서 손 내밀 테니
덜 불행하기 위해
행복을 나에게 강요하지 말고
행복할 수밖에 없어서
행복이 나에게 찾아오게끔

나무

나무이고 싶다
봄이면 꽃을 피워
저마다의 추억을 만들어주는

나무이고 싶다
여름이면 초록 잎 펼쳐내
저마다의 지붕이 되어주는

나무이고 싶다
가을이면 잎사귀 물들여
저마다의 감성을 매만져주는

나무이고 싶다
겨울이면 하얀 눈옷 입어
저마다의 공간을 밝게 비춰주는

그런 나무이고 싶다

그대여 그 자리에 그대로

나의 온몸을 적시어
내 발걸음을 무겁게 만들던
비도 언젠가는 마르고
나를 휩쓸 기세로 부는
바람도 언젠가는 잠잠해지더라
그러니 부디
그대 그 자리에 꼭 있어 주길

센서등

나에게 반짝
빛을 비춰줬던 당신
이제는 멀어져
빛이 사라진 줄 알았소
헌데 왜
살짝 근처에만 가도
나에게 다시금 빛을 주는 것이오
차라리 고장이라도 났으면
좋았을 것을

마음의 문

굳게 닫혀있던 마음의 문을
다시금 열어 너에게 보인다
온 마음 다해 표현한다
온 마음 다해 사랑한다
마음이 상처 입고 다치는 줄도
모르고 온 마음을 너에게 준다
같은 이유로 끝을 맺는다
문의 걸쇠를 다시 걸어 잠그고
나에게 말한다
온 마음 다해 표현하고 사랑했으면
네가 그랬으면 그걸로 되었다
너는 충분히 몫을 하였다

마음의 호수

미동도 없던 마음의 호수에
너라는 존재가 들어와
일렁임을 선사한다
그 일렁임은 얼마 지나지 않아
멈추고 다시 미동도 없는
내 마음의 호수
이미 사라져 버린 호수 속에
당신을 꺼내주어야 하나
끝도 모르는 호수 속으로
잠기게 두어야 하나
당신의 생각은 어떠한지 묻고 싶다

백지

떠난 그대를 그리려다
그대가 무슨 색이었나
그대가 어떤 선이었나
고민만 하다
새하얀 백지만 남았네

달의 말

나의 하루가 마무리되고
저마다의 하루가 마무리되면
찾아오는 밤
온 세상을 까맣게 뒤덮는다
홀로 외로이 달은
빛을 내며 모두에게 말을 건넨다
고생했다고
당신의 밤이 안녕하기를 바란다고
어둠이 깔려있던
우리의 마음속에
밝은 달의 빛이 스며든다
꽤 괜찮은 밤이다

인생은 도화지

인생의 시작점에
새하얀 도화지를 가지고
태어나는 우리
아무것도 없던 나에게
경험이라는 물감을 주어
저마다의 그림을 그려나간다
어떤 이는 어두운 물감으로
어두운 나를
그려나갈 것이고
어떤 이는 밝은 물감으로
밝은 나를
그려나갈 것이다
당신은 어떤 색의
그림을 그려나가고 있나

사랑

사랑이란 이 두 글자 단어는

사람들로 하여금

많은 감정을 표현하게끔

만드는 매개체 역할을 하는 것 같다.

누군가에겐 행복

누군가에겐 슬픔

누군가에겐 아픔

누군가에겐 후회

누군가에겐 미련

누군가에겐 분노

누군가에겐 기쁨

누군가에겐 공허

누군가에겐.......

참으로 다양한 감정을 내포하고 있다

사람은 사랑함으로써 살아갈 수 있고

사랑함으로써 죽을 수도 있다고 생각이 든다

참으로 아름답고도 잔혹한 것이다

보통의 하루

어김없이 떠오른 저 해처럼
행복이 찾아오고
또 어김없이 지는 저 해처럼
불행은 떠나가길

행복은 오늘을 살아갈 수 있을 만큼만
불행은 행복이 사라지지 않을 만큼만
모두의 하루가 아프지 않을 만큼만

비야

비가 아래로 우수수 떨어진다
비는 이윽고 땅과 마주쳐 큰 울림을 전한다
그 울림은 내 마음속에 노크하여
추억을 깨워 불러낸다

그 추억은
떠올리고 싶지도
떠올리고 싶기도 한 것이라
괜히 마음이 울적해져
눈시울이 붉혀졌다

애써 겉으로는 눈물을 감춰본다
마음은 울고 있지만 괜찮다
세차게 내리는 빗방울이
내 울음소리 가려주겠지

비야
더욱 세차게 내려주렴
혹시 내 울음소리 누가 듣지 못하게
끊임없이 내려주렴

비야
내 눈물 대신에 그렇게 떨어져 주렴
혹시 내가 흘린 눈물 누가 보지 못하게
하염없이 내려주렴

가을비애

어제 한 차례 비는
세상의 아픔을 씻어내려는 듯이
저마다의 슬픔을 대신 토해내듯이
저마다의 눈물을 대신 쏟아내듯이
그렇게 온종일 내리었다

오늘의 비는 지나쳐버린 것들에게 마지막으로
위안을 주는 듯 보슬보슬 아프지 않게 내린다

미처 정리하지 못한
슬픔, 아픔, 눈물을 이 가을비에 담아 보낸다.

이 비가 그치고 나면 괜찮아지겠지
내 마음의 햇빛이 찾아들겠지
그렇게 내 마음을 위로해 본다

사랑하는 사람들에게
가을비가 아프지 않게 내리었으면 좋겠다.
상처를 씻어내어 새살이 돋아나길

가을비의 끝자락에
행복의 햇살이 비추길 소망해본다

나의 정원

나비가 눈앞을 스쳐 지나간다
뭐라도 홀린 듯 나비를 뒤쫓아본다
나비는 손아귀에 잡힐 듯 잡히지 않고
마치 허상인 듯 눈앞에서 사라진다

나비가 다시 눈앞에 나타나길 기다려본다
허나 나비는 나의 마음을 아는지 모르는지
더는 보이지 않는다

누구를 탓할 게 아닌 것인가
나비는 나에게 허락된 존재가 아닌 것인가
괜히 울적해지는 마음을 여민다

일단 살아가 본다
나비가 날아들 그날을 소망하며
나의 땅을 일구어본다

좋은 거름을 뿌리고 물을 줘가며
걸림돌은 솎아내며 소중한 씨앗을 뿌린다

얼마나 지났을까
셀 수도 없는 시간이 지나고 난 뒤
이윽고 나의 땅에 새싹들이 피어나기 시작했다
그 새싹들은
나무가 되고 꽃이 되었다
꽤 볼만하게 자라나
어느새 정원을 이루었다

저만치 멀리서 사뿐사뿐 날갯짓을 뽐내며
나비 무리가 날아든다

아!
나비는 나의 정원을 기다렸었구나
괜스레 얼굴이 붉혀진다

마침내 나의 정원에 다다른 나비 무리와
한데 어울려 정원을 누빈다
행복한 마음이 이루 말할 수 없다

사랑하는 사람과 같이 뛰놀아야지
평안한 나의 정원
안온한 나의 정원

원근법을 거스르는 사람

당신을 보내고
그날의 밤에 파묻혀
날 위한 빛은 보이지 않던
그런 날이 지나고

별거 없던 하루의 밤이 찾아왔습니다
구름은 꽤 떠오른 하늘이지만
달은 여지없이 빛을 발하며 나를 비춰주네요
누군가에겐 그저 밤이 되어 떠오른 달이지만
나에겐 그날의 밤을 떠오르게 합니다

무척이나 아팠었던 그날의 기억
다시 떠올라 나를 슬프게 합니다

그 전에 같이 걸으며 오늘 뜬 달이
너무 이쁘다며 건네었던 말을 기억하는지
잠시 그때를 생각하며 웃음 짓습니다

그대는 왜 멀리할수록 더욱 크게 떠오르나요
물리적인 원근법은 소용이 없나 봅니다

오늘도 달이 떠올랐네요
오늘도 떠올랐네요 그대가
오늘도 일찍 잠이 들지 못할 것 같습니다

기억의 밤에서 유영하다
가라앉듯이 잠이 들어야 할 것 같네요

그림자가 드리울 때

마치 무너질 듯이
마치 허상인 듯이
나를 제외한
눈앞의 모든 것들이
아름답게 보인다

처연한 기분마저 드는
이 어둠 속에서 방황하고 있는
키는 다 자랐지만
마음은 아직 다 자라지 못한
사회가 정한 성인의 기준을 넘은
한 어른아이가 보인다

얼마나 더 방황하면
이 어둠 속에서 벗어나
밝고 평안한 들판에서

자유롭게 뛰놀 수 있을까
희망의 나비를 볼 수 있을까

눈앞의 빛이 아른거린다
어둠 속에 익숙해진 탓일까
그토록 바라던 빛인데
눈이 부셔 제대로 마주할 수 없어
잠시 고개를 뒤로 돌려본다

사방이 어두워 볼 수 없었던
나의 그림자가 드리운 걸 보았다
이 그림자 속에 나의 어둠이 보인다
아니 어쩌면 나의 이면에 숨기고 있던
나의 진정한 모습이라
내가 보려 하지 않았던
그런 모습이어라

다시 고개를 돌려 빛을 바라본다
나의 이면을 오롯이 바라볼 수 있게 한

빛에 감사함을 느껴본다
빛에 다가서 본다
점점 가까워지는 모습 속엔
밝게 웃는 한 어른아이가 서 있다

달에게 건네는 언어

오늘도 변함없이 떠오른 달님
그 자리가 질릴 법도 한데
항상 머물러서 모든 이의
말소리에 귀를 기울여줍니다

푸념, 하소연
기쁜 일, 슬픈 일
그리움과 후회스러움
위로와 공감
모든 것들을 아울러 대화를 이어갑니다
달님의 답변은 들을 수는 없지만
마음으로 느껴지는 듯합니다

답변이 없어도 괜찮다 생각합니다
바라보는 곳에 항상 떠 있으며
그저 나의 시시콜콜한 이야기마저 묵묵히

들어주는 것만으로도 좋습니다

마치 돛단배 모양처럼 뜬 달에게
나의 감정을 한곳에 모아 담습니다.
어디로 흘러갈지 모르지만 띄워 보냅니다

어쩌면 자유로이 하늘을
유영하길 바라는지도 모르겠습니다
나의 감정들이 하늘 위를 유영하며
별에게 안녕을 빌어주길 바라는지도 모르겠습니다

그저 띄워 보내는 것만으로 나의 마음은
한결 편안해짐을 느낍니다
달님에게 고마움을 전합니다

나의 사소한 감정들이
별과 함께 유영하는 것을
바라보고 있노라면 코끝이 시큰해져 옵니다
슬픈 감정이 아닙니다

기쁜 감정도 아닙니다

뭔지 모를 감정이 드는 것은 확실합니다

오늘도 달님과 대화를 했습니다

그대들은 어떤 대화를 건네볼 건가요?

당신을 위한 말

내가 기분이 좋지 않든

내가 상태가 좋지 않든

상대방의 좋은 하루를 빌어주는 말

상대방의 기분이 좋길 바라며 건네는 말

"좋은 하루 보내"

"Have a nice day."

분리

해가 뉘엿뉘엿 산봉우리 사이로
사라지고 있는 그때
건물의 벽에 서서히 드리우는 그늘

대각선으로 나누어지는 벽
그 안에 해가 비추는 부분과
어둡게 그림자가 진 그늘이 보입니다

대각선으로 분리되어 있어 보이는 벽이지만
벽은 그 자리에 그대로 변하지 않았고
원래의 모습인 벽으로 존재하고 있습니다

우리의 마음도 그럴 때가 있을 것입니다
환하게 햇빛이 비치는 부분이 있고
해가 비추지 않아 어두운 그림자가
드리운 부분이 있을 것입니다

우리가 마음을 바라보는

시선이 바뀌지 않았다면

우리의 마음은 그림자가 졌든 해가 비추고 있든

우리는 마음을 있는 그대로

바라보는 연습이 필요할 것 같습니다

그늘이 졌다고 나의 원래

마음이 아니라 부정할 필요도 없습니다

그저 그늘이 질 때가 왔다고 받아들이며

다시 잠시 그늘 아래

마음이 쉬고 싶구나 생각하며

햇빛이 다시 비출 그때를 기다리면 되겠습니다

마음을 분리하지도 마세요

그늘이 져서 마음이 나눠진 것처럼

보이는 것이지 마음은 분리되지 않았습니다

마음을 잘 보살피는 것이 필요하겠습니다

오늘 하루가 어떻게 지났는지
당신을 고통스럽게 하는
어떤 존재가 있었는지 묻고 싶습니다

무슨 일이 당신에게 닥쳐왔어도
당신은 그대로
편안함을 유지할 수 있었으면 좋겠습니다

오늘도 고생 많으셨습니다
모두 안녕하시길

그대 마음은

그대 마음은
밤하늘의 별과 같군요
어두운 나의 하늘을
밝게 비춰주니깐요

그대 마음은
맑은 밤하늘과 같군요
밝게 빛나는 별들을
헤아릴 수가 없군요

그대 떠난 뒤
나의 밤하늘은
처연하게 빛나고 있는
달만이 위로해 주네요
그대 마음이
머물렀던 그 자리

은은하고 따사로웠던 그 별빛

차마 다 헤아릴 수 없었던

그때의 마음

몸과 마음의 기지개

뜨거웠던 여름의 끝자락
그 끝자락을 놓기 아쉬워
한동안 더웠는지도 모르겠습니다

이제는 완연한 가을의 옷깃을 여밉니다
거리에 나서보면 모두
단단히 옷깃을 여미고
약간은 움츠린 듯한 표정과 모습이
보이는 듯합니다

얼마 지나지 않아
짧아져 버린 가을은
우리에게 안녕을 외치고
겨울이 찾아올 것 같습니다

쌀쌀한 날씨가 이어지는 가을입니다
하지만 그 안에 녹아져있는
따스함이라는 마음은 존재합니다

마음을 나눔으로써
쌀쌀하기만 한가을이 온기로 가득 차
움츠렸던 몸과 마음이 조금은
기지개를 켜고 서로에게
다가설 수 있으면 좋겠습니다

몸과 마음이 얼어붙지 않았으면 좋겠습니다

바다에 뜨는 별

빛이 보이지 않는 밤이 지나고
아침을 기다렸건만
회색빛의 하늘만 나를 찾아오고

회색빛으로 물든 마음을 내 안에 두고
광명을 기다렸건만
검게 칠해진 마음 조각이 더해지고

한껏 검게 칠해진 마음들을 안고
광활한 바다를 찾는다

바다는 그저 흐르고 있을 뿐이건만
마음의 검은 것들을 씻어내어 준다

바다는 그저 흐르고 있을 뿐이건만
햇빛에 비추어 밝은 별들을 보여준다

해수면에 떠오른 밝은 별들을

내 눈에

내 마음에

넘치도록 담아둔다

그렇게 한동안 살아갈 힘을 더한다

바다는 그렇게 내 마음 안에서 흐른다

별들의 반짝임이 내 눈에 투영되어 빛난다

바다의 시야

그리 크지도
그렇다고 작지도 않은
애매한 너라는 사람아

뭐가 그리도
힘겨워서 도망쳐 나와
바다에 찾아와 우는지

당신에게
어떤 걱정이 찾아와
마음을 흩트려 놓았는지
나는 모릅니다

당신이
나에게 찾아와
육성으로 마음으로 하는

이야기들을 그저 들어주는 것뿐

그러니
언제든 찾아와
마음 편히 이야기를 주세요
저는 항상 당신이 기다리는 곳에
기다리고 있겠습니다

제 안에 전부 담아
파도의 흰 포말로 만들어
산산이 부서지게 하겠습니다

그러니 그대
너무 아파하지 마세요
항상 곁에 있는 바다를
항상 곁에 있는 위로를
잊지 마세요

텅 빈 어느 날

당신과 마지막을 장식하고
돌아서는 그 길은
아무것도 존재하지 않는
텅 빈 가을날의 낙엽길과 같았다

당신의 돌아서서 가는 모습은
함께 걷던 그 길을
역행하듯이 나를 밀어내어
당신을 만나기 전 나로 보내었다

이제는 보이지도 들리지도
않는 당신을 가끔
끄집어내어 마치 실체인 듯
바라보지만 이윽고 다시 보내었다

당신이 없는 가을날
당신이 없는 겨울날
당신이 없는 지금 이 순간순간

당신은 어떤 마음일지
당신은 어떤 생각일지
알고 싶지만 알기 싫은 그런 알 수 없는 마음

말라가는 꽃

당신에게 처음 받았던
그 꽃을
내 맘속에
내 눈 속에
오롯이 담아두려고
말려두었던 꽃이 있습니다

그렇게 말린 꽃은
오히려
건들면 부서질까
건들면 꽃잎이 떨어질까
조마조마하며
스스로 거리를 두고
지켜볼 수밖에 없습니다

당신과 나 사이에
그렇게 말려두었던 그 꽃들은
오히려
당신과 나 사이의
빛바랜 마음이 되었습니다

영원할 줄 알았던
그대와 나의 꽃들과 마음들은
그렇게 바스러져 형체를
알아볼 수 없게 되어버렸습니다

영원이란 없는 것
그때 남아있는
마음만이 남는 것

사라지고 피어나고

그대
모든 것을 잃어버렸나요
그대
모든 마음 공허해졌나요

봄에
세상을 환하게 꽃피우고
여름에
푸르게 세상을 물들이고
가을에
쓸쓸히 낙엽을 내리우고
겨울에
앙상한 가지를 남기우고
그렇게
모든 걸 내어줬나요

지금은
앙상한 가지만 남아
공허하고 우울한 마음이 드나요

그대
너무 슬픔에 빠지지 마세요
그대
지금 모습도 멋지지 않나요

모든 모습이 당신이지 않나요
모든 마음이 당신이지 않나요
모든 순간이 당신이지 않나요

다시 피어날
그때가 기다려지지 않나요

새벽의 문

자정을 넘은 순간
새벽의 문 앞에 선 우리
호주머니를 뒤져 열쇠를 꺼내어본다

문을 열고 새벽의 바다로
들어가서 유영할지 고뇌에 빠진다
어찌하면 좋을까
새벽달에게 질문을 건네어본다

달은 나의 손을 움직여
달은 나의 맘을 움직여
새벽의 문의 결속을 풀어내
새벽의 바다로 초대한다

나의 걱정과 슬픔을
나의 행복과 기쁨을
그는 가리지 않고 풀어내어 준다

시간이 어떻게 흐르는지도
내가 어디에 위치해 있는지도
모를 만큼의 평안함이 나를 감싼다
오늘의 새벽은 썩 괜찮은 느낌이 든다

잠시 비움

때가 되면
비워지는 것들이 있습니다
요새는 비워진 상태의 것들이
걸어 다니다 보면 많이 보이곤 합니다

여름의 청록색 잎들이
가을의 노랗고 빨간 잎들이 되더니
이윽고 겨울이 되어 떨어져 나가
바닥으로 내려앉아 나무에는
어느 것도 남아 있지 않은 상태가 되었고
봄과 여름 그리고 가을에
피어났던 꽃들은 겨울이 찾아옴으로
꽃잎이 떨어져 꽃줄기만 남아
이윽고 풀죽은 모양새를 하고 있습니다

비워질 때가 있습니다.
내 안에 어떠한 감정들도
비워질 때가 있습니다
비워짐은 쓸쓸함을 동반하지만
마냥 쓸쓸하지만도 않습니다

다시금 채워질 때가 있습니다
계절이 돌아가면서
다시 새로운 생명이 피어나고
다시 새로운 감정이 드러납니다

당신은 어떠한가요?
잠시 비움 상태인가요?
어떠한 채움을 기다리고 있나요?
어떠한 감정을 더 하고 싶을까요

결정되지 못한 것

따스한 눈인 줄 알았건만
차가운 빗방울이었던 것

그대가 온 것만 같았지만
황량한 인기척이었던 것

눈은 나에게로 와서
한 방울의 눈물이 되었고

기억의 파편은
나에게로 날아들어
사사로운 생채기를 남기었네

눈이 왔으면 했건만
그대이기를 바랐건만

미처 결정되지 못하고
떠도는 물안개처럼
하염없이 맴도는 마음만 남기었네

마음의 조각

그대
그리고
나

마음
그리고
연

작고
소중한
병

안에
담아둔
꽃

함께
담아둔
愛

이젠
부서진
병
이젠
흩어진
맘

별과
같아서
아름답지만
아름다웠지만

손을
뻗어도
닿을 수 없어
고개를 숙이네

편지를 쓰려고요

그대
어디에 있는지
알 수 없지만
편지를 쓰려고요

멀리
보이는 해를
그대라 생각하고
펜을 들어보려고요

마치
어제였던 것처럼
오늘과 다를 바 없이
아름다웠던
그대를 생각하며
한 자 한 자
마음을 담으려고요

마음속
그대 자리 잡은 곳
그곳을 주소라 여기며
우표를 붙이려고요
막상
다 쓰고 나니
그대 없다는 것
보낼 곳 없다는 것 알지만
마음속에 담으려고
좋았던 기억을 잊지 않으려고
편지를 쓰려고요

오늘도
내일도
편지를 쓰려고요

부치지 못한 편지

어슴푸레 달이
방 안의 책상 위를 비출 때

새벽녘의 한 줄기 빛을 쫓아
기억 속 그대의 모습을 찾아
헤매고 있을 때

이제는 떠오르지 않는 그때
이제는 떠오르지 않는 그 얼굴
이제는 떠오르지 않는 그 장소
그때, 얼굴, 장소를 찾을 때

희미하게
그리고 뿌옇게
뇌리에 박혀있던 기억의 펜촉을 뽑아
감정의 선이 그어져 있던 종이 한 장을 놓고

추억하는 것들을 적어내려 봅니다

쓰다
멈추고
쓰다
멍하니
달을
바라보다
또다시
쓰다 보니

어느새 끝을 맺은 편지 한 장
고이고이 접어
미련의 봉투 안에 담습니다

이제는 휑하니 베어진
기억 저편의 그곳에 가봅니다
그리곤 전달되진 않지만
괜히 우편함 안에 편지를 담아봅니다

부치지 못한 편지일까요
부치지 못할 편지일까요

아니면
부칠 수 없는 편지일까요

아련하고 씁쓸한 감정이 흐르는
새벽녘이군요

사람, 사랑

사람이 있습니다
사랑도 있습니다
그대가 있습니다
나도 있습니다

우리는 어디에 있던지
누구와 함께 있던지
사랑이 빠진다면
황폐한 사막과도 같을 것입니다

사랑은 꽃밭에 물을 주는 것이 아닌
메마른 땅 위에 물을 주어
꽃을 피우게 만들어주는 것

사람과 사람 사이에
균열이 생긴 마음속에
사랑이라는 연고를 발라
새살이 돋게 만들어주는 것

한 번 갈라졌다고
한 번 메말랐다고
바로 돌아서는 것이 아닌
시간을 두고
회복할 수 있게 도움을 주는 것

사랑이 필요합니다
그대에게도
나에게도

사람이 필요합니다
그대에게도
나에게도

잔상

앞에 놓여져있던
꺼질 듯
꺼지지 않던
촛불의 자태를

무슨 영문인지도
모른 채
외풍에 흔들려
희미해져 가는
촛불의 온기를

바라보았던
지난날의 자상을

아슬아슬한
외줄 타기를 하듯
지켜내려고 했던
촛불이 꺼지고 나서야

비로소
나는
그때의 나를
돌아볼 수 있었다고
한숨과 함께
뱉어낼 수 있었을까

촛불이 내어준
잔상이
나에게 의미하는 것이
무엇일지
새벽녘 달빛에 기대어
마음에 문답해 봅니다

마음 같지 않은 날

한없이 차오를 거라 생각했던
서로의 향한 마음도
생각처럼 되지 않을 때가 오고

멈췄으면 했던
점점 차오르는 맑디맑은 그 눈물은
그 한도를 모르고
이별의 심연을 만들어
정처 없이 떠도는 나그네의 배를 띄우네

어디로 향할지도
어디로 향하는지도
갈피를 못 잡는
쓸쓸하고도 아련한
쓸쓸하고도 아리는
노을빛에 물드는
그 수면을 바라볼 때

미련이라는 닻을 거두며
추억이라는 노를 들고
어딘지 모를 곳으로
떠나보는 나그네였다

잠시동안

달빛이
먹구름 뒤에 가려져
세상에 빛이
사라졌을 때

햇빛이
먹구름 뒤에 가려져
세상의 온도가
낮아졌을 때

나는
그것들을 갈망하며
나는
그것에 아쉬워했네

마음을 숨기며
새어 나오는
말들을 애써 삼키며

어둠에
잠식되지 않으려
추위에
동결되지 않으려
발버둥 치고 있었음을

모든 것이
나를 구성하는
한 조각이었다는 걸

애써 도망치려
할 이유가 없었다는 것

그 순간들은

들러가는

휴게소같이 잠시 앉아

한숨 돌리면 된다는 것

표현하기 어렵지만

그대는 알고 있는지
꽃이 만발해
같이 떠났던 날
그 수 많은 꽃 중에
그대의 웃음꽃
훔쳐보기 바빴던 나를

혹시라도 보다 들킬까
그대가 내 얼굴을
바라봐줬을 때
황급히 시선을 돌려
꽃을 보는 척했던 나를

애써 침착한 척
두근거리는 마음을 숨겼던 나를
그대는 알았을까요?

물어볼 그대 이젠 없지만

그때의 마음 담아

그대에게 전해봅니다

우수에 젖은 도화지

빗방울이 툭툭 떨어지네요
세상이 온통 젖어가네요
길 잃은 고양이
버려지지 못한 쓰레기 더미
이르게 피어오르려는 꽃들
생기를 더해가려는 나무들
다닥다닥 붙어있는 건물들 그사이 골목길
자리를 지키고 있는 가로등
무거운 몸을 이끌며 출근하는 사람들
무겁게 내려앉은 먹구름
먹구름 안에 자취를 감춘 태양의 빛
검은색이 짙어지는 아스팔트

모든 것들에 공평하게 빗방울이 떨어지네요
세상이란 도화지 속에 존재하는 것들에
빗방울은 떨어져 한 폭의 수채화를 만들어갑니다

그 모습이 마냥 우울하지 않기를
그 안에 존재하는
행복의 색을 맞이할 수 있기를

비가 그치며 흠뻑 젖었던
다시금 태양의 열기와 빛이 들어
도화지의 물방울들이 사라지고
번졌던 색들의 조합이 행복의 그림이 되기를

애별리고

그저 곁에 두고
읽지 않았었던 책처럼
기약은 두지 않고
봐야지 했던 영화처럼

언제라도 볼 수 있지 하며
그렇게
마음 한구석에 두었던 것

이제는 마냥 곁에 두기에도
가슴이 저려와
눈앞에서 치워두면 괜찮아질까
한 동안을 닫아두었던 그 상자를

그대 떠난 뒤
얼마의 시간이 지났는지도 모르겠지만
이제야 열어본 그 상자 안엔
빛바랜 책과
보지 못했던 영화표가 남아있습니다

그 안에 담겨있는 이야기들은
미처 못 보고 지나쳤던
당신과 나 사이의
하이라이트가 즐비하군요

돌려보기는 가능하지만
그때로 돌이킬 수는 없군요

시야가 흐려집니다
잠시 책갈피를 끼워두고
잠시 일시 정지 해두고
가끔 봐야겠습니다.

잔재

무에서 유로 태어나
유에서 무로 가는 것

가졌다가도 사라지고
사라졌다가도 생기는 것

사랑에서 이별로 끝맺고
이별을 지나 새로운 연을 맺는 것

끊었다가도 다시 찾고
그렇게 취하다가도 다시 놓아버리는 것

찢었다가도 봉합하고
봉합했다가도 다시금 찢어지는 것

꽁꽁 싸매고 다시 풀어내고
풀어낸 것을 바라보다 다시 싸매는 것

살아가며 동시에 죽어가는
그런 연장선에 놓인 우리는
항상 잔재를 남기며
그것에 감정을 두는 것
잔재는
추억이란 이름으로 흩뿌려진
고통이며 기쁨이다

물안개가 지나간 자리엔

마음에 비가 내린 뒤
무지개를 바라던 나에게
세상은 물안개를 드리우네

멀리서 보이는 물안개는
가볍게 흘러가는 듯 보이는데
내 눈앞까지 다다른 물안개는
나의 육체와 정신을 무겁게 누르는지

당장이라도 벗어나
자유롭게 거닐고 싶지만
아직 때가 아니라며
나의 발목을 붙잡는 그 물안개

언제까지일까 하며
오늘도 눈을 감고

내일의 눈을 뜨며
나서보는 하늘은
아직은 회색빛의 모습이어라

그래도 우울해하지 말아야지
그전에도
회색빛의 하늘 뒤에
청명한 하늘과 오색찬란 무지개가 있었으니

꽃잔디야

뭐가 그렇게도
급했는지
겨울의 한복판에
피어난 꽃잔디야

추운 바람을 맞으며
너의 그 아름다움을
보여준 것에
나는 아무 말도 없이
그저 감사할 뿐이었다고
마음속으로 전해본다

봄이 찾아와
간만에 바라본 그곳에는
너의 모습은 시들었지만
새롭게 피어난 꽃잔디가

주변을 환하게 밝혀주는구나

미리 피어오르지 말고
봄날에 같이 피어올랐으면
좋았을 걸 하며
생각해 보았지만
너의 때에 맞춰
피어올랐던 그 마음을
칼바람에도 어여쁘게
피어올랐던 그 모습을
기억하련다
사랑하련다
간직하련다

따스한 봄날에
시든 너의 모습도
담아두련다

내가 아는 말 중에

말은
누군가의 입안에서 태어나
건네어지고
그 모양은 어떤 형태로 바뀔지는
아무도 모르는 것

받아들이는 사람에 따라
오해의 불씨가 될 수도
감정의 상처가 될 수도
행복의 거름이 될 수도
관계의 연결이 될 수도
있는 그런 것

그래서 더욱더
신중할 수밖에 없는 것

오늘도 나는
내가 아는 단어에서
아름다운 것들만 고르고 골라
한 마디 건네어봅니다

당신에게 꽃이 되어 건네지길 바라봅니다

애증

사랑과도 같으며
미움과도 다르지 않은
그런 마음이 들 때

내 맘 조각조각 들여다보곤 해

하나의 마음 안에
군데군데 박혀있는
그 모습을 바라보고 있노라면

어떤 모습이
그대에게 보일 나의 모습일지
까마득해지곤 하는데

당신은
어떤 마음인가
어떤 생각인가
나에게 보이는 모습이
거짓된 모습인가
진실한 모습인가

그 얼굴 뒤에 숨기고 있는
내가 모르는 이면의 감정이
남아 있는 것인지 묻고 싶다

시작과 다름이 없기를
바라고 바랐지만
우리 사이에 미세하게 갈라진
그 틈 사이로 비집고 드러난
애증이란 감정은
사랑일까 미움일까

나는 어떠한가
당신은 또 어떠한가
어느 쪽이 커져만 가고 있는지

우린 처음의 모습으로 돌아갈 수 있을까
우린 끝까지 함께인 모습일까

일장춘몽

남들이 뭐라 하든
그냥 그냥
좋았습니다

내가 하는 행동과 말
당신에게
어떻게 닿았었을지

당신이 떠난 그 후에
돌아보면 누군가는
부질없는 시간이었다 하겠지만
한낱 꿈같이 느껴진다고 하겠지만
쓸데없는 생각이라 하겠지만

잠시라도 다시
꾸고만 싶은
아름다운 봄 꿈이었다는 걸

꽃이 피면
꽃을 바라보면
그때의 모습이
아른거리겠지요
간절히 떠올리면
오늘 새벽에는
그대가 나타날지
모르겠습니다

까막별

빛을 내지 않아도
빛이 나지 않아도

애써 웃음 지어도
애써 웃지 않아도

울음을 참지 않아도
울음을 참아 내봐도

남들과 다르더라도
틀리지 않은 것이라면

남들이 뭐라 하던지
틀리지 않은 것이라면

그것만으로
존재하는 것이
나에게 의미가 있다면

빛나지 않아도 좋으니
나는 어둠 안에
어둠의 한 자리를 채워주는
까막별이 되겠으니
빛을 내는 별 무리에게
더욱 빛날 수 있는
칠흑의 배경이 될 테니
그대들이여
더욱 찬란하게 빛나기를

내가 걸어갈 길을
밝게 비추기를

피어나는 계절

봄이 오면
피어나는 건

그대를 향한 꽃
꽃을 보는 그대의 미소
서로를 향한 따스한 마음

꽃이 져도
피어났던 것들은
그 따스한 마음 안에
그대로 피어있기를

노을과 나의 하루

마음에
무게추를 달아놓은 듯이

한없이 바닥으로
내려가 지면에 맞닿은
그림자와도 같이

표정도 없이
미세한 감정도 없이
어둡게 드리워질 때

나의 뒤에서
따스하게 하늘을 밝혀주며
져가는 노을을 마주 봅니다

유난히도 맑았던
오전의 하늘을 밝혀주며
그도 그렇게 힘썼으리라

마지막 따스함까지
우리에게 전해주며
그렇게 졌으리라
당신의 하루도 그렇게
저물어갔으리라
생각해 봅니다

마음 나무

하나의 나무에서 뻗어난
여러 잔가지들

그 가지들을 뻗치기 위해
얼마나 많은 시간을
그 나무는 버텨왔을까

햇볕의 따스함을 사랑하고
자신을 무너뜨릴 것 같은
칼바람을 미워하며
촉촉이 적셔주는 단비를 사랑하고
몸을 무겁게 만드는
폭풍우를 미워하며

그렇게 버텨왔을까
그렇게 가지를 하늘 향해 뻗쳐왔을까

쉽지 않았겠다 그 과정들이
외로웠겠다 홀로 버텨온 시간이

자라온 나날들 안에
그 모든 시간이 소중했겠다
어느 하나 버릴 것들이 없었겠다
그런 마음인데
살기 위해서
무성히 자라다 못해
몸이 버티지 못할 정도로
자라난 잔가지들을 쳐내야 한다

하나하나
허투루 마음 쓴 적 없었던 것을
나의 시간이 쓰였던 것을
쳐내야 한다

참으로 애처롭다

추억, 낱장

그대여
구태여 말하지 않은
그 낱장의 부스럭 소리가
들리지 않았나요

그대를 향한
미움 한 장
미소 한 장
눈물 한 장
웃음 한 장
아픔 한 장
행복 한 장
불행 한 장
사랑 한 장
애증 한 장
그 낱장의 부스럭 소리가
들리지 않았나요

낱장의 그 마음들이 모여
한 권의 책이 되었다는 걸
추억이라는 이름으로 남아 있다는 걸

그 낱장을 넘길 때
그 낱장을 바라볼 때
그 낱장을 접어두었을 때
그 낱장을 돌아보았을 때
그 낱장의 부스럭 소리가
들리지 않았나요

아니
듣고 싶지 않았나요
모른 체 하지 않았나요

그대도 나도
그렇게 덮어두었을까요

사랑, 두 사람

사랑이란 단어가
우리 사이에 살며시
고개를 내밀 때

그대라는 사람이
나의 어두운 삶 속에
불빛을 켜줬을 때

나는 비로소 웃음을
내어줄 수 있었다는 걸
아시는지요

그대의 눈물을
그대의 아픔을
그제야 제대로
바라볼 수 있었다는 걸
아시는지요

당신이 나에게 건넨
그 손길과 품
그 따스함과 고마움을 알기에

이제 내가 당신의
눈물과 아픔을 씻어주려 합니다

그대여 이제 고개를 들어요
내게로 와 안겨요
말은 하지 않아도 돼요

마음으로 알고 마음으로 줄 테니
그렇게 우리 서로의 품속에
머물러 마음으로 얘기해요

따스한 봄날에 우리
그렇게 사랑해 보아요

돌덩이, 홀로

덩그러니 남겨져
이러지도 저러지도 못하는
작은 돌덩이야

누군가의 발에 차이며
떼굴떼굴 굴러가고
누군가의 발에 밟히며
푸욱푸욱 들어가는
작은 돌덩이야

돌덩이로 태어나
그렇게 모진 세월
그래도 꿋꿋이 버텨왔구나

비바람이 몰아칠 때도
그 자리에 박혀
굳건하게 살아왔구나

너의 쓸모가 없다고 여기지 마라
존재하며 살아왔다는 게
당신의 쓸모가 되는 것이니

봄에는 꽃잎
여름에는 초록 잎
가을에는 낙엽
겨울에는 눈송이
당신의 위치에서 그것들을
받아주지 않았었나

그러니 슬퍼 마라
그러니 더욱 땅속 깊숙한 곳
그곳에 자리하여
당신의 쓸모를
당신의 존재를
나타내기를

당신이 당신이기를

그대

나뭇가지에
걸쳐진
흠뻑 젖은
나뭇잎을 보는데

당신이
떠올랐습니다

고개 숙인
그 모습이
꼭 풀이 죽은
당신과 닮아서

젖어서
아래로 향하는
잎의 끄트머리의
모양새가

당신의
마음속 얼굴
같아서

비 내리는 날
그대가
감정에 깊이 빠져
몸서리치고
있을까 봐

떠올랐습니다
그대가
보고 싶어졌습니다
그대가

빛의 수명, 그대

어둠을 헤매는 이를
그대로 바라만 보고 있을 수 없어
마음의 전원을 켜고
그대에게 빛을 건넵니다

아직 나에겐 여분의 빛이 남아있어
그대를 비추어 줄 수 있기에
그대가 올바르게 걸어갈 수 있게
곁에서 빛을 건넵니다

그러니 더는 헤매지 말고
그대는 길을 걸어가세요
제가 힘이 다하기 전까지
그대는 바르게 살아가세요

훗날 제게 남은 빛의 수명이
다하는 그때
나를 바라봐주세요

당신에게 주었던 빛을
나에게 주지 않아도 괜찮으니
그저
나를 바라봐주세요

웃으며 인사를 건네주세요
당신의 미소가
저를 살아가게 할 것이니
그걸로 됐습니다

당신이 내 앞에서
길을 터줄 것이니
그걸로 됐습니다

그러니 주저 말고
그대 힘차게 걸어가세요

행운

나는 당신을 알지 못합니다
어딘가에서 열심히 살아가고 있겠지요
행복이라는 이름이 걸맞게 주변에 행복의 기운을
뿜어내어 주변을 환하게 밝혀주고 있겠죠

행운이라는 게 다른 게 있을까요
운명이라는 이름을 빌려
우연이라는 핑계를 빌려
그대가 내 곁에 머물러준다면
그게 행운이지 않을까요

행운을 빌어봅니다
언젠가 만날 그대를 향해
두 손 모아 하늘에 빌어봅니다
별빛과 달빛은 은은하게 비추이는
이곳에서 마음을 띄워 올려 보내봅니다

닿고 있을까요

잘은 모르겠지만

행복이라는 이름으로 저도 살아가고 있을게요

좋은 사람이 되어볼게요

그러면 언젠가는 빛이 한데 모이는 날에

우리 만날 수 있지 않을까요

그렇게 사랑을 시작할 수 있다면

그게 행운이지 않을까요

비와 상념

하늘이 회색 구름으로
뒤덮여지고

세상이 회색빛으로
물들어지고

내 마음 비가 되어
바닥을 향해 내리고

어디로 향하는지
모르게 사방으로 퍼지는데

이윽고 바닥과 입맞춤하며
어디론가 흐르기도
한 곳에 고이기도 하는
마음의 방울들

방울들은 상념이 되어
목적지 없이 떠돌고
고여서 나를 누르기도 한다

언제쯤 마를지는
모르는 일이다

내가 햇빛을 얼마만큼
품어낼 수 있을지
모르는 일이기 때문에

고여있는 상념에 다가가
비추인 나의 이면의 모습을
바라본다

다만 더는 젖지 않기만 바랄 뿐
그 이상도
그 이하도
바라지 않는다

뒷모습

그대는
얼굴 없는 실루엣

마음 중앙 빈 곳에
들어맞는 실루엣

추억 속 뒷모습에
떠나는 발뒤꿈치에
많은 감정이 드리웠을 거라
많은 눈물이 맺혔을 거라
생각합니다

저는
그저 바라보고
그저 바라보고
바라고 바라는 것 말고는

할 수 없었기에
더욱
마음이 아려옵니다

그대의 행복이
내겐 최우선이었기에
내가 줄 수 있는 행복보다
나를 떠나야만 얻을 수 있는
행복이 더 커 보였기에

저는
손을 내밀 수 없었고
그대의
손을 잡을 수 없었습니다

당신의 마음 한 켠에
제 모습이 남아 있다면
그대를 바라보며
밝게 미소 지었던 그 모습이길

바랍니다

저는 후에도
그대 뒷모습을 바라보며
미소 짓겠습니다

행복하세요, 당신

재가 되어서도

검게 타 버린 마음이
전에 얼마나 열렬히
타올랐는지 알기에

재가 되어버린 그 마음들을
소중하게 진심을 다하여
모으고 또 모아
당신을 위한 텃밭에 뿌려둡니다

얼어붙었던
마음의 겨울을 지나
생명의 봄이 돌아오면
당신을 불러올게요

아름답게 피어난
새싹과 꽃송이가
당신의 눈 안에 담기는
그 순간

더없이 행복하기를
한없이 사랑받기를

치기 어린 마음, 그 안의 젊음

해가 바뀌어도
나의 뒤에 1의 숫자가
더해질 뿐

치기 어린 마음은 변함이 없는 듯

그대만 바라보면
나는 순수하고 어린 마음을
드러내게 되네요

누구에게도 보인 적 없던
내 안에 숨었던 모습을
끄집어 내어주네요

이런 걸 사랑이라 부르는 걸까요
이런 걸 애정이라 부르는 걸까요

당신의 젊음과
나의 젊음의 향을 더해
초록빛 잎사귀를 피워내는데
그렇게 산뜻할 수 없네요
그렇게 찬란할 수 없네요
잎사귀가 시간 지나 지더라도
그곳엔 우리의 생기가 고여있겠죠

그래요
이젠 그대 없는데 추억해 봤어요

당신과 나의 사랑이
머물렀던 곳에 다녀왔어요

초록빛 잎사귀가 달렸던 곳엔
앙상한 가지가 남아 있고
치기 어린 마음은
미련이란 이름으로 치환되었네요

그래요
이젠 그대 없어도
추억이란 이름으로
남아 있어요

이제 놓을 때가 된 것인지도
이제 덮을 때가 된 것인지도
모르겠네요
내 맘에
묻고 또 물어봐도
아직은 모르겠네요

위로의 말

그대 지금
어디 있나요

오늘도
새벽의 어둠 막에
온몸을 덮고 있진 않나요

날 선 마음과 말들이
당신을 무자비하게 찌르고
바닥에 내팽개쳤나요

잠시만 내게
시간을 줄 수 있나요

힘들 거란 거 알지만
그래도 내 손을 잡아볼래요

은빛 별들과
금빛 달을 준비해 봤어요
같이 보려고
같이 이야기 나누려고요

잠깐의 적막한 그 시간이
당신에게 위로가 되었으면 해요

애써 아픔을 꺼낼 필요 없어요
마음으로 느껴볼게요
마음으로 전해볼게요

당신의 애쓴 나날들이
오롯이 내 맘에 닿을 때
당신이 미소 지을 수 있기를
당신이 숨지 않고
앞으로 나아갈 수 있길
기도할게요

후에는 당신의 새벽에
초대해주세요

몇 밤이고 기다릴게요

사랑의 말미에

사랑한다
사랑한다
사랑한다
수천 번 건네었지만
그대에게는
닿지 않네요

당신은 너무나도
아름다워서
내가 아름다움을 퇴색시킬까
쉽사리 다가서지 못하고
쉽사리 매만지지 못했던
마음이었어요

이제는 알 것 같아요
사라지고
날아가 버린
끈이 보이지 않은 순간에야
알 것 같아요

그대가 내게 바란 건
말로 하는 사랑이 아닌
곁에 있는 시간
다정을 전하는 눈길
마음으로 안아주는 순간
그것들이 더 절실했고
원했다는 것을요

미련하게도
이제야 알았어요
바보 같지만
이제는 알았어요

누구보다도

꼭 안아줄 수 있지만

이제는 떠났네요

그대도

그대를 담던 나의 눈동자도

쏟아지는 별빛

그때를 기억해요
그대와 두 손 꼭 잡고
어둠이 내려앉은
골목길을 거닐었던

이유가 있었을까요
그냥 좋았었던
마냥 따스했던
그대와의 산책이었어요

새벽의 시간 속
마음과 마음이
맞닿아있던
그대와의 재잘거림
행복이었어요

밤하늘을 올려다보며
저 별은 그대였고
그 옆의 별은 나였었던
유치하지만
사랑스러웠던
그때를 기억해요
혹시 그대는 알까요
그대가 별을 바라볼 때
저는 당신의 눈동자에 어린 별을 봤어요
얼마나 반짝였던지
그 눈을 바라보는 내 눈동자에
얼마나 아름다운 별빛이 담겼었는지
그대는 알까요

오늘 밤엔 별이 뜨지 않았어요
아마 내일도 모레도
그보다 아름다운 별은
보지 못할 것 같아요

그 길을 다시 걸어도
그 자리에서
밤하늘을 올려다봐도
별은 빛나지 않네요

마음은 그대로인데
별은 빛나지 않네요

당신의 한숨

어떤 하루를 보냈을까요
어떤 사람을 만났을까요
어떤 마음을 전했을까요
어떤 고통을 받았을까요
어떤 슬픔을 겪었을까요
어떤 말들을 건넸을까요
어떤 상처를 받았을까요
어떤 고뇌에 빠졌을까요
어떤 가시에 찔렸을까요
어떤 한숨을 뱉었을까요

단순하게
한 숨 두 숨
헤아릴 수 없는
그 복잡하고도 무거운
숨을 내뱉기까지

어떤 나날을 보냈을까요
어떤 시간을 걸었을까요

당신의
온기 어린 숨이
아픔이 되기까지
어떤 말들을 하고팠을까요
섣부른 공감보다
그저 같이
한숨을 뱉어보는 것
그게 당신에게 위로가 된다면
뱉어볼게요
당신의 한숨처럼
낮고 넓게

비 내리는 날에

군데군데
호수가 자리 잡고
군데군데
냇물이 생겨나고
흘러 흘러
고이거나
내려가며
저마다의 세상으로
저마다의 위치로 돌아간다

내 마음도
고이거나 흐르거나
언젠간 마르겠지 하며
비 내리는 소리를 듣고
비 내리는 장면을 눈에 담아본다

이따금

비에 흠뻑

젖고 싶은 마음도

빗속에서

한바탕 춤추고 싶단 생각도

드는 건 이상한 걸까

내 안의 자유로움을

아직 잊지 않았다고

안도해야 할까

여러 상상의 나래를 피우며

피식 웃어 보인다

칠해지는 마음

그리움이라는 물감과
미련을 지워낼 지우개를 들고
맞이하는 밤

애써 등 돌리고 있던
그대를 생각하며 짙은 색으로
밤하늘에 그리움을 덧칠해본다

칠하면 칠할수록
더욱더 선명하게
또 다르게 검정으로 짙게
떠오르는 그때의 기억

칠하다 보니
내 마음을 아는지
끝이 없는 밤하늘에

눈물이 한 방울 두 방울 맺히더니
이윽고 쏟아져 내려
나를 적시 우네

오늘은 그냥
젖으면 젖는 대로
어지럽혀지면 그것도 그대로
그래도 하나
미련은 두지 않으려고
밤하늘에 박혀있는 미련을
잠시 바라보다 하나둘 지워내 본다

얼마가 지났을까
정신없이 지우다 보니
밝게 빛나는 너라는
별이 내 마음에 드리우네

오늘 밤은 이대로
떠오른 별을 바라볼 수밖에

잊는다
잊는다 했지만
차마 그럴 수 없는 것이기에
그대로 두련다
내 맘
밤하늘
별 그대

내가 바라는 것들

당신의 사랑
당신의 행복
당신의 이별
당신의 불행
당신의 기쁨
당신의 슬픔

당신의 모든 것들
당신의 모든 마음

그것들이 자리한 곳에
몇 번의 계절이 지나고
이제는 꽃이 피어올라
그 모습을 뽐내고 있네요

누군가가 지나가다 보겠죠
그리고 마음에 담아내겠죠

어떤 마음일지는 모르지만
그 끝은 행복에 귀결되길
주변을 환하게 물들이는
화사한 마음들이길

당신과 또 다른 이들과의
찬란한 풍경들이
그 모습을 드러내길

몇 번의 계절을 돌고 돌아
눈이 부시도록
아름다운 것들이 피어나길

마음과 마음 사이에
당신과 나 사이에
반짝이는 것들이 채워지길

끝으로 누구보다

당신이 행복하길 바라봅니다

마음속의 바다

마음속에 바다는
나의 땀
나의 눈물
나의 피
모든 것이 흐르고 흘러
만들어진 것

마음속 날씨에 따라
성난 파도를 일으키기도
잔잔하게 일렁이며
햇빛에 비추어 윤슬을
만들어내기도 하는 것

무엇이 정답이 아닌
무엇이 해답도 아닌
그저 살아가는 나의 모습인 것

그 안에도 생명은 자라나
하나의 세상을 만들어내는 것

그대의 바다
나의 바다
그 안에 자리 잡은 것들은
선하기도 악하기도 한 것이겠지요

어느 쪽에도 치우치지 않으며
어느 쪽에도 잠식되지 않으며
그렇게 살아가기를
당신의 올바른 잣대로
줏대 있게 앞으로 향하기를

주변의 어둠은 빛으로 향하며
내 안의 어둠은 그대로
빛에 대비되게 두기를

오월에는

푸르름을 선물해 주는
오월에 내리는 비처럼

당신의 마음 한 켠에
고이 접어두었던
바라고 바라왔던
작은 소망과 사랑이
푸르게 피어나기를

봄과 여름의 간극에서
지는 것들과
피어나는 것들이
당신의 마음속에 새겨지기를

오월의 어느 밤에
사랑하는 이들과
잔잔한 빗소리를 들으며
행복의 언어를 서로 나누기를

당신의 오월은
푸르름, 따스함
그것들과 함께하길

당신은 아시는지

봄처럼 따스했으며,
여름처럼 뜨거웠고,
가을처럼 감성적이었으며,
겨울처럼 시리면서 포근했던 사람아

당신이라는 사람은
나에게 사계절을 선사해 주었고
그 기억은 나에게 여러 장의
페이지로 남았다는 것을

그 페이지의 모서리를 접어두고
가끔 열어본다는 것을
당신은 아시는지

당신을 봅니다

당신을 봅니다

내가 보는 것은
당신의 움직이는 얼굴
당신의 몸동작 하나하나
당신이 주는 마음들
당신이 들려주는 재잘거림
그리고
거짓이 없는 맑은 눈동자

그 안에 담겨있는
빛나는 것들을 봅니다

그것들은 당신이 사랑하는 것이겠죠
그 눈동자에 맺힌 사랑이라는 것을
바라보고 마음속에 담아둡니다

내가 당신의 사랑이 되기를 바라며
당신의 취향을 담아둡니다

내가 당신의 취향이 되기를 바라며
당신의 사랑을 담아둡니다
당신과 비슷한 내가 그대 앞에 섰을 때
우리의 사랑이 시작될 수 있을까요

그대 내 맘 안다면
나의 눈동자에 맺혀주세요
그 안에서 맑고 아름답게
미소 지어 주세요

밤에 피어난 꽃

진정 피우지 못할 꽃이었을까

나의 알량한 자존심 따위의 것으로
피워져 가는 것을
짓밟진 않았던 것일까

내가 지나온 길모퉁이에
피어있던 그 꽃은
이미 때가 되어 떨어진 것이라
애써 나에게
거짓된 위로를 건네 보이는데

무엇을 저버렸을지
무엇이 져버렸을지
무엇을 떠나보냈을지
나는 알고 있는지도

아니 잊어가는 걸지도 모를

이 밤에 핀

검게 칠해진 장미 한 송이에

내 한 조각 실어 보내리

사랑의 여운

마음이 자라나
당신에 닿는 사랑이 되고

사랑은
당신과 함께하는 것
당신과 주고받는 것
당신과 오고 갔던 말

그 안에서 더욱 커지는 마음
그 안에 당신과 내가 있었습니다

사랑에서 이별까지
서로에게
담아졌던 것들은
이제는 여운으로 남아 있습니다

이별의 뒷면에서
나를 기다렸던 건
당신도 아닌
내가 있었습니다

당신을 마음 다해
안아주고
바라보고
사랑했던
내가 있었습니다

자잘한 여운으로 뒤덮인
내가 있었습니다

그 여운은 이젠
사랑도 아닌
그렇다고 미움도 아닌
옅은 웃음과 함께
쓴 침을 삼키는 감정

좋지만 슬프기도 한

그 이음새에 걸쳐 있습니다

당신의 계절

당신의 계절
그 안에
피어나고 지는 것

어떤 형태로든 피어나고
어떤 형태로든 지는 것

아쉬움과도 같은 것들이 지고
또 다른 사랑 같은 것들이 피겠지

그러니 그대
아쉬움에 목매지 말며
그렇게 보내주길
또 다른 계절에 피어날 것들이
들어올 자리를 비워두길

훗날 그것들이 질 때쯤

당신의 마음 한 조각 띄워

안녕히 보내주길

그렇게

숨 쉬며 살아가길

당신이 꽃이 아니더라도

내리쬐는 햇살
그대인가요

적셔주는 빗줄기
당신인가요

초원을 초원일 수 있게 하는
비옥한 토지
그대인가요

생기를 심어주며
꽃가루를 날려주는 선선한 바람
당신인가요

당신이 꽃이 아니더라도
그 아름다움을 기억합니다

당신이 꽃이 아니더라도
아름다움은 그대입니다

영원을 바라는 맘

아무것도 가진 게 없어도
또는 남은 게 없어도

그대 그렇게 머물러주길
영원토록 함께해주길
사랑했던 만큼
그리워하는 만큼
기억 속에서
마음속에서
살아가게 해주길

내가 사라지더라도
내가 무너지더라도
아름다운 시선으로
내가 서 있었던 방향을
바라봐주길

사랑은

사랑
누구에게 향하는지

당신의 그림자에 포개지는
얼굴 없는 그림자
당신의 목소리에 녹아드는
대답 없는 메아리
당신의 이름표에 겹쳐지는
속절없는 활자들

사랑 어쩌면
나에게 향하고 있었을지도

당신의 사랑이 고팠던
어린아이의 부르짖음이었을지도

아직 덜 자라났던
사랑이 미움이 되고
미움이 다시 사랑이 돼가는
그 연장선 속에
머물러 있다 가버린 당신

풀릴까 봐 노심초사하며
애쓰며 단단히 매듭을 고쳤었지만
이제는 두 개의 줄이 되어버린
그대와 나

미움과 사랑
어느 곳으로 향하는지

그때의 음성
어떤 곳으로 향했는지

나의 마음
어찌하면 사그라들는지

소원

그대에게
바라는 게 있다면
그건
사랑일 것입니다

그대에게
바라는 게 있다면
그건
행복일 것입니다

어둠이
그려져 있는 당신의 자화상에
백색의 마음을 덧칠하고
그 위에 아름다움을 얹어내어
웃음 가득 차오르게 만들고
당연한 행복과 사랑이

찾아오게 만드는 것

나의 소원입니다
이루어지게 해주세요

초여름에 피어난 꽃

꽃이여
당신의 계절에
웅크리던 모양을
활짝 펼치며
내 곁에 다가섰던
꽃이여

당신의 수명이
얼마나 남았는지
손가락을 접으며
헤아리다
봄밤이
다 지나버렸네요

이제는
마음속에 피어가는

당신의 모습을
헤아리고 있는
여름밤의 한때를
지나고 있네요

여름에도 피어나는
당신이라는 꽃
참으로 아름답군요

글자와 말, 마음들이 모인 모양새

그대가 사는 백색의 종이 또는 창 위에
떠오르는 다양한 색으로 존재하는 가지들이 모여
뿌리내린 그 모습엔 어떤 말들이 담겨있나

나는 하루에도 여러 번 백색의 종이 위에
검은색 가지를 여러 방향으로 그어내
사람들의 마음속에 뿌리내리려 한다오

내가 소망하는 건
거름이 될 작은 마음뿐이니

당신은 갇혀버린 마음을 열어 흘려주면
그걸로 충분할 것이니

바라는 것들이 모여
구슬피 우는 이들이 모여

삐죽삐죽

얼기설기

검은색 가지들이 모여

말들이 되어

마음에 다다라

초록빛 틔울 수 있다면

그제야 비로소

나의 몸과 마음

그대의 몸과 마음

편히 뉘 울 수 있겠네

바라본 하늘은

흑청색 배경에

검은 가지

초록빛 잎사귀

흩날리는 노란색 별 무리

백색의 달

더할 나위 없는 조화로움에

편히 눈을 감고

그들이 모여

조잘대는 소리에 귀 기울여본다

부재父在

아버지 평안하신가요

저는 아버지의 부재가
항상 마음에 남아 있었습니다

어렸을 적에
아버지께선 바다에 나가
집에는
어머니와 형제만 있었습니다

그 와중에도
아버지께선 없는 시간을 쪼개
가족에게 추억을 남겨주셨습니다

그땐 그 순간들이
소중한지 몰랐습니다 아버지

이제는 이 형제가
추억을 남겨드릴 차례인데
아버지
철이 없는 형제가 너무 늦었습니다
너무 죄송합니다
아버지께서 항상
저희 곁에 있었다는 것을
몸은 떨어져 있어도
마음으로 지켜주셨다는 것을
너무 늦게 알아차렸습니다

아버지께서 걱정하지 않게
어머니 잘 모시겠습니다
아버지와 마지막 나눴던
대화를 잘 지키겠습니다

아버지
꼭 편안하게 눈 감으십시오

나의 다정함은

어릴 적
때 되면 챙겨주시던
밥상이

밥상 위에서
생선 살 발라주시던
그 손이

아무 말 없이
내 밥그릇에 올라와있던
반찬들이

소풍 날이면
이른 아침부터 산처럼 쌓여있던
김밥들이

다쳐서 들어오면
화를 내시지만 조용히 들고 오시는
대일밴드와 연고가

아프셔도
자식들 걱정할까 봐
별다른 내색을 하지 않으시는
그 모습이

그때는
그게 당연한 것인 줄 알았지만
이제는 당연하지 않은 것임을
알게 되었습니다

조건이 없는 사랑
나의 다정함은
그렇게 느껴집니다

그렇게 받기만 했던
다정함이라는 이름의 사랑을
이제는 딸아이의 아빠가 되어
전합니다

어제, 내일 그리고 오늘

오늘도 나는 오늘을 살며
어제의 나를 애써 묻는다

오늘만 살 것처럼
내일은 없는 것처럼
그렇게 내일의 숨을 막은 채
오늘의 숨을 가쁘게 내쉰다

나에겐 어제도 내일도 없는 듯
매분 매초 흘러가는 현재만 있다
어찌 보면
매일을 매달린 채 살고 있는 것일까?

겨울이 찾아와
예쁘게 피웠던 꽃잎들
푸르게 펼쳐졌던 나뭇잎들

하나둘 시들어가는 것처럼
과거를 묻으며 살고 있는 것일까?

회색빛의
새벽녘에 피어오르는
과거에 잔재하는 넋은
현재의 숨마저 앗아가는 듯하다

내일의 숨마저 끌어올
힘마저 내겐 허용되지 않는다

그렇게 서서히 죽어가며
봄의 햇살을 기다린다
봄의 온기를 기다린다

책을 마치면서

#당신과 함께

당신이 걸어온 길
당신이 머물렀던 그 시간
당신과 함께했던 사람들
그리고
당신과 나눴었던 이야기
당신이 건네준 마음 한 조각
당신이 전해준 아름다움과
그러지 못한 잔재들까지

모든 것이 당신이었기에
잊을 수 없습니다
잊을 수도 없습니다

당신은 나의 책에 선명히 새겨져 있습니다
언제든 꺼내 볼 수 있게 잘 보이는 곳에 두겠습니다

그 안에 담긴 이야기들은
눈물로 얼룩진 게 아닌,
소소한 행복과 옅은 미소가 함께하고 있습니다
당신을 변치 않고 사랑하는 이들과
함께 존재하고 있습니다

저 또한 그러하니,
당신이 내 마음속에서
더는 아프지 않게
누구보다도 행복하고 웃음이
가득한 공간으로 만들 것입니다.
물론
당신과 함께

불완전한 삶, 사람, 사랑

초판 1쇄 발행 2024년 10월 17일
초판 1쇄 인쇄 2024년 10월 17일

지은이   보고쓰다

디자인   포레스트 웨일
펴낸이   포레스트 웨일
펴낸곳   포레스트 웨일
출판등록   제2021-000014 호
주소   충남 아산시 아산로 103-17
전자우편   forestwhalepublish@naver.com

종이책   979-11-93963-53-1

작가님들과 함께 성장하는 출판사
포레스트 웨일입니다.
작가님들의 소중한 원고를 받고 있습니다.
forestwhalepublish@naver.com